あした死ぬとしたら

今日なにをするか

寺山修司

興陽館

カバー装画　高杉千明

明日死ぬとしたら、今日何をするか？

たとえ
世界の終わりが明日だとしても
種をまくことができるか？

明日何が起こるかわかってしまったら、
明日まで生きるたのしみが
なくなってしまう。

思い出に変わらないのは、
自分の死だけである。

もし死んでしまったとして、
あの私の少年時代の土地でか？
それともどこか遠くの私さえも
行ったことのない土地でだろうか？

空に星が一つふえるたびに
地上の星は一つ姿を消す。
地上の星とはいったい何のことか？

生が終って死が始まるのではなく、
生が終れば死も終る。

私は肝硬変で死ぬだろう。
そのことだけは、はっきりしている。
だが、だからと言って
墓は建てて欲しくない。
私の墓は、
私のことばであれば、充分。

遠くへ行きたい。
どこでもいいから遠くへ行きたい。
遠くへ行けるのは、 天才だけだ。

死んだ人はみんなことばになるのだ。

さよならだけが人生ならば、
また来る春は何だろう。

はじめに

もしあなたが明日死ぬことがわかったら、
いま何をしますか。

振り返ったときに後悔しないために、どう生きればよいですか。
死ぬってどういうことですか。
あなたは死ぬときに後悔しないように生きていますか。

本当はやりたくないことに時間をとられていませんか。

本当にやりたいことだけにいま時間を使っていますか。


「明日死ぬとしたら、今日何をするか？」って聞かれるとドキッとしませんか。

実は、これは寺山修司の言葉です。


詩人、歌人、劇作家、映画監督、写真家、小説家、作詞家としてあらゆる方面で仕事をした寺山修司。その作品には「死」という言葉が色濃く彩られています。

19歳のときにネフローゼという難病を発症したときから、自分が近い将来死ぬことを覚悟していました。友人にも「ぼくは長く生きられない」と漏らしていました。

そして47歳で死にました。


死を意識しながら生を充足させようとしていたとしたら、

「明日死ぬとしたら、今日何をするか？」という問いに、寺山はその人生で答えたのかもしれません。
もし明日死ぬことがわかったら、あなたは自分にこう尋ねるはずです。
今日、何をすればよいのか、と。
『あした死ぬとしたら』は、寺山修司の言葉を集めて編集した本です。
明日なんて日はもう二度と来ることはない、今この瞬間がすべてだと。
死をみつめることで今日の生き方も変わっていきます。
本書で後悔しない今日を生きる意味を、呼び起こしていただければ幸いです。

興陽館編集部

目次

第1章

もしあした「死ぬ」としたら

あした死ぬとしたら、今日何をするか？

死をかかえこまない生に、どんな真剣さがあるだろう。
明日死ぬとしたら、今日何をするか？
その問いから出発しない限り、いかなる世界状態も生成されない。

――『さかさま世界史 英雄伝』

あなたらしく生きているか

これはすぐにも、あなた自身の問題なのです。あなたにしても、「見えない手」によって操られ、仕方なしに、概念的に生きているのではありませんか。
たとえば、まさかあなたは、「朝起きたら必ず歯を磨いて顔を洗ってからご飯を食べる……」という概念に操られてはいませんか？

「服のボタンは上から下へかけてゆく……」という概念に操られてはいませんか？

「大便のあと右手で拭くべきか、左手で拭くべきか？」考えたことがありますか？

生きること、日常のすべてを、ほかの人たちと同じようにしてはいませんか？

たった一度しかない人生を、一つ一つ、無意識に概念に操られているならば何んてもったいないことか。そのことを気づかぬ限り、たぶんあなたに、自由はないでしょう。

しかし、そうした疑問が生まれた瞬間から、あなたは自分自身の未来になることができるかも知れないのです。

――『家出のすすめ』

誰も死の重さをはかることは出来ない

幼年時代には「死ぬ」と言えなかった。

「死む」と言っては祖母たちに笑われたものである。

だが、「死まない」「死みます」「死む」といっていた頃には、死というものが実在しなくて、死はただの事件でしかなかったのである。

死が事ではなくて「物」として認識されるようになったのは、戦争を経てからである。

ここに集めた死に関するいくつかの詩にも、見事なほどの存在への執着がうかがわれる。

私の同級生のうち、自殺したものは二人しかいなかった。

その中の一人は連絡船から津軽海峡にとびこみ、一週間後に打上げられた。私は、その女子高校生の友人の、水にさらされた遺体に手でふれてみた。

手応えはあった。しかし、私がふれたのは死そのものではなくて、ただの死体でしかなかったのである。

私はそのときに感じた。

「だれも他人の死の重さをはかることは出来ないのだ」と。

——『人生処方詩集』

あしたに期待している

あなたは誰かに期待していますか?

もし、誰かに期待しているとして、その期待は充たされるとおもいますか?

わたしは、期待する、という行為も一つの「充たされた状態だ」というふうに考えています。

トーマス・マンの『幻滅』に、生涯幻滅しつづけた老残の男がでてきます。かれは、火事に期待しすぎたために、ほんものの火事を見ても何の感動もできず……、海を渇望しすぎたためにほんものの海を見ても幻滅するだけなのです。(トーマス・マンの小説は、死について語った小説なので、かならずしも期待の大きい現代人を語るのにいい例ではありませんが……、しかし、現代では「期待している」人がじつにおおい)

アントニオーニの映画『夜』のなかでは、実業家と芸術家が、はげしく期待しあい、また死んでゆく人と生きのこる人がお互いに、はげしく期待しあいます。

しかし、人はなぜ期待するのだろうか?

母親は子に期待し、子が一人前になって鳥のように自分の許をとび去ってしまうと、「期待が裏切られた」といってかなしむのが慣わしになっています。

しかし、期待というのは、それ自体で一つの成熟であり、何かのための犠牲的準備期間でも、つぎの覚醒を待つ空白状態でもないのです。

「期待する」ということに期待しすぎると幻滅するものです。

そうわかっていながら、それでも歴史に、目のくらむような冒険に期待するのはおろかしいことだといわねばなりません。

わたしの期待はわたし自身がいま在る、ということです。

これは空白状態ではありません。

この実際の手ごたえが明日を期待していると感じるとき、やってくる、目のさめるような不意打以外に、何の期待があるものでしょうか。

——『家出のすすめ』

死んでみてはじめてわかること

じつは
大きな声ではいえないが
過去の長さと
未来の長さとは
同じなんだ
死んでごらん
よくわかる

という淵上毛銭の詩のように〝死んでみる〟ことも、ときには経験である。再現できない体験、負の体験も〝経験〟にかわりないということを理解すれば、死はトリップであり、旅である、ということがわかるだろう。

いずれにせよ、死ぬ動機や理由は、すべて作りごとなのだ。それは偶然的なものであり、虚構なのだ。だから太宰治のように、《死のうと思っていた。ことしの正月、よそから着物を一反もらった。お年玉としてである。着物の布地は麻であった。鼠色のこまかい縞目が織りこめられていた。これは夏に着る着物であろう。夏まで生きていようと思った》（葉）と、一反の着物で予定をかえたりすることもできる。

自殺が美しいとすれば、それは虚構であり、偶然的だからである。ぎりぎり追いつめられた中小企業の経営者の倒産による自殺は、自殺のように見えるが実は〝他殺〟である。膨張しすぎた資本主義社会の歪みから出てくる自殺は、形のいかんを問わず他殺であるから、私の〈自殺学入門〉のカテゴリーからはみ出す。私は、自分が死に意味を与えることのできるような偶然的な自殺だけを扱ってゆき、もっとたのしみながら、自殺について語りたいと思うのだ。

――『書を捨てよ、町へ出よう』

どう生きて、死んでいくのか

「生が終って死が始まるのではなく、生が終れば、死も終るのだ。死はまさに、生のなかにしか存在しないのだから」——と、私は私の戯曲の主人公に語らせたことがある。

実際、死が生のなかに見えかくれしながらつきまとう「人生の脇役」だということは、私たちのしばしば経験することである。

私たちはつねに生死一致の瞬間を夢見、「いかに生くべきか」という問いかけと「いかに死ぬべきか」という問いかけとのあいだを、歴史が引きはなしてしまわぬことを望んでいる。

——『幸福論』

あした、何があるかなんて誰もわからない

「明日になれば、思いがけないことが起こるかも知れない」
だから「明日何が起こるかわかってしまったら、明日まで生きるたのしみがなくなってしまう」のである。

――『ぼくは話しかける』

成熟しながら死んでいく

ぼくは東京に出てきてから、病院から出たあとアパートで一人ぐらしだった。一人の場合、

「人間というのは非常に不完全な死体として生まれてきて、それから完全な死体になってゆくプロセスみたいなもの、つまり、成熟していくことは死に向っていくことだ」

という気がすることがある。死というのが『マルテの手記』のようにどこかにもつというかたちではなく、全体として（つまり環境として）認識されるという感じがあるわけです。

つまり、持ちかた、対処のしかた、認知のしかたというかたちでうまく処理しきれない。もてあますわけですね。

だから、永井荷風が踏切で電車が通過したら死んでいたみたいなかたちの、老いでもなければ劇的な死でもない。ある種の偶然としてしかみえないような死——そういうものが一番似合っているという感じかたをすることがある。

——『墓場まで何マイル？』

なぜ『星の王子さま』は死んだのか

サン・テクジュペリの『星の王子さま』は地上にやってきて、人間関係のむなしさにつきあたる。文明、金、欲望といったものは、彼にとってはあまりにも喧しすぎるのだ。彼は、口ゲンカして故郷の星にのこしてきたバラの花をなつかしく思いだし、自ら蛇にかまれて死んで、魂となって故郷の星へ帰ってゆく。この星の王子さまの〝故郷の星〟は、日常的な死をあらわすとともに、もう一つの世界状態を予測させるという意味で、ほかの厭世自殺と、一線を画している。

それは〝生から逃げてゆく〟死ではなく、〝もう一つの生へ向かってゆく〟死である。この物語の作者のサン・テクジュペリは『夜間飛行』『人間の土地』といった飛行文学を書くだけではなく、自らもパイロットであったが、ある日飛び立ったまま行方不明になってそのまま死体も発見されず〝故郷の星〟へ帰ったのだろう、といわれたものだった。

――『書を捨てよ、町へ出よう』

思い出に変わらない死がある

他者の死は、かならず思い出に変わる。思い出に変わらないのは、自分の死だけである。

――『旅路の果て』

人は一生の中で二回死ぬ

放課後、わたしは階段に腰かけていた。階段の窓からは、雁が帰ってゆくのが見えた。(もしも、私が死ぬときは一人で死ぬだろうか、それとも世界の滅亡と共に大部分の人類と死ぬだろうか? 一人で死ぬのも、人類が滅亡するのも私にとっては同じことであり、死はまさに相対的なものの考え方をゆるさない筈なのに、この二つを区別したいと思うのはなぜだろうか?）私は、たぶん二度死ぬのである。はじめの死は、私にとって「死を生きる」ことであり、世界との水平線をべつべつにすることに他ならないが、二度目の死は万物の終焉なのである。同級生の自殺や、アルコール中毒の父の死、草刈鎌で手首を切って死んだ古田完先生らの死がどことなく官能的でさえあるのは、「死を生きている」ものへの羨望を、生きのこっている私の心の中にとどめることが出来たからである。死んでから、二度目の死を待つまの猶予は死んでみたものでないとわからぬが、しかし何となく妖し気な幽界冥土のたのしみを想わせる。しんじつ「戦争」の中にひそむ二度目の死へのたわむれは、怖ろしい。「私は、一度目の死と二度目の死とのあいだは出来るだけ歴史が長い方がいいと思います」青森高等学校三年A組寺山修司

——『誰か故郷を想はざる』

自分はどこからきてどこにいくのか

私は自分が生まれたときのことを記憶していると言い切る自信はない。だが、ときどき初めて通る道を歩いているのに「前にも一度通ったことがある」というような気がすることがある。日の影が塀にあたっている裏通り。すかんぽかゆすらうめの咲いている道を歩きながら、

「たしかに、ここは前にも一度通ったことがあるな」と思う。すると、それは生前の出来事だったのではないか、という気がしてくるのである。

自分がまだ生まれる前に通った道ならば、ここをどこまでも辿ってゆけば、自分の生まれた日にゆきあたるのではないか、という恐怖と、えも言われぬ恐怖と期待が湧いてくる。それは「かつて存在していた自分」といま存在している自分とが、出会いの場をもとめて漂泊らう心に似ているのである。

——『誰か故郷を想はざる』

自分が死ぬときの音楽を決めておく

人の死ぬときは、それぞれにふさわしい死の曲というのがある。自分に似合った曲をききながら息を引きとることができれば、この上ない幸福だと思うべきだろう。

中学生のとき読んだ小栗虫太郎の『完全犯罪』という小説では、オルガンの最低音の二管を浴室の送湯管とむすびつけて、第一酸化窒素と青化水素をその管の中に仕込んでおくというアイデアがあった。

犯人がマーラーの『子供の死の歌』を弾くと、毒は曲につれて浴室に送りこまれてゆく、という訳である。

「芸術として最高の殺人といえるでしょう」

と犯人は自慢し「人を殺す歌曲……何と女性らしい、切々たる余韻をお聞き取り下さい」という訳だが、それからマーラーの『亡き子を偲ぶ歌』をきくのが怖ろしくなった。大学へ入った年の夏、女友達とききに行ったコンサートで、思いがけずこの歌が流れだすと、私は悪夢にうなされたように、汗をびっしょりかいて気を失いそうになり「このまま死んでしまうのではないか」と思ったものであった。

『ソイレント・グリーン』という映画では、人口過剰をもてあました未来政府が、国営の「自殺ハウス」を設け、人口問題解決に協力して、自殺してくれる者に一時金を出し「すばらしい死を演出してやる」のであった。

一人の、生きることに自信を失った老人が自殺ハウスを訪れると、係員は老人をがらんとした「死の部屋」に案内しベッドに寝かせつけて薬を与えた。やがて壁にワイドスクリーンで、映画がうつしだされた。それは、まだ世界に資源の豊かにあった時代のフィルムで、緑の島にたわわに実っているバナナ、椰子、そして無邪気にたわむれている少年少女たちの姿であった。水平線に沈む夕日。群がってとぶかもめ。そして公害のないすばらしい青空とぽっかり浮かぶ一片の白い雲。丘一面の青い麦。

老人は、過ぎ去った良き日々を思い出しながら、ゆっくりと死んでゆくのであるが、その死を奏でる音楽は、ベートーヴェンの『田園交響曲』である。老人の死には、ベートーヴェンが似合う、ということなのであろう。

だれの死にも、その死にふさわしい音楽があるとすれば、それを予め準備しておくぐらいの余裕が欲しい。いまから思えば、永井荷風の死には、新内が似合っていたような気がするし、三島由紀夫の死には、ワグナーの楽曲（ただし管楽器抜きの）が似合っていたような気がする。風戸裕の死には、ディープ・パープルのロックが、リンドバーグの死には、チャールストーンのSP盤レコード演奏が似合ったような気がするのだ。

さて、それでは私の死にはどんな曲が似合うのだろうか？

――――『青少年のための自殺学入門』

人生にはピリオドとコンマがある

時がくると、私の人生にはピリオドが打たれる。
だが、父親になれた男の死はピリオドではなく、コンマなのだ。
コンマは休止符であり、また次のセンテンスへとひきつがれてゆくことになる。

――『墓場まで何マイル?』

死ぬのも生きるのも同じ時間を刻む

死は、いつでも生のなかにつつまれていて、ニシンと数の子のように、同じ時をかぞえているのである。
死の恐怖は、同時に生の恐怖でもある。この二重奏は、ときには死の実存をかなでるラ・ヴィアン・ローズなのである。

――『暴力としての言語』

死んだら「あした」になる

「自由」という言葉と「明日」という言葉は似ているのであって、それが現在形で手に入ったと思われるのは錯覚か死を意味するのです。

――『家出のすすめ』

切りはなそうとしても、
どこまでもついてくる私自身の「影から
の脱走」
――人生なんて、 案外そんなものなのか
も知れない。

魂について語ることは、なぜだか虚しいことである。
だが、魂を持たないものには、故郷など存在しないのである。

ぼくたちは、どんなに目を見ひらいても、
世界を半分しか見ることは出来ない。

第2章

「今日」何をするか

犬のように噛みつけ

どんな片隅で生まれても、スポイルされそうになったら噛みつく勇気を持つことが必要だと思うがどんなものだろうか？

そういえば「理屈では、その通りだが」とキミたちは思うだろう。「しかし、現状ではそう簡単にはいかない」ところがある。キミたちは、支配や階級、そして能力や財産のなかにおいて「雑種」であることを恥じて、いつのまにかコンプレックスという病気に罹る。すぎたるコンプレックスというのはいわば「自殺の思想」である。生きながら自殺してしまっている青年のむごたらしさを見るのはなんという味気ないことだろう。（中略）

犬のごとく吠えろ。キミもまた雑種ならば。

——『ぼくは話しかける』

一人で旅をしながら生きる

家から自立して、一人で旅をしながら生きようとする子には世間がつめたく、母をさがして一人で旅をしながら生きようとする子には世間があたたかい——というのはアミーチスのモラルであり、願望である。しかし、目的のいかんを問わず、子供の一人旅には親切な人とのめぐりあいもあるだろうし、同時につめたい仕打ちもあるだろう。問題は、世間がつめたかろうと、あたたかろうと、一人で旅をつづける勇気を持つことであって、それを「母をたずねて」いるからだ——という大義名分などによって、美化すべきではない、ということだ。

一人旅は、「出会い」によって自らを形成してゆく過程である。

涙をうかべた顔よりも、唇をかみしめた顔の方がマルコにはふさわしい。だからこそ、私は書いたのだ。

時には母のない子のように
だまって海を見つめていたい
時には母のない子のように
ひとりで旅に出てみたい

——『ぼくが狼だった頃』

人生は遊びながら年老いて行く

かもめは飛びながら歌をおぼえ
人生は遊びながら年老いてゆく

＊

遊びはもう一つの人生である

そこにはめぐり逢いも別れもある
人は遊びの中であることを思い出し、あることを忘れ、そしてあることを捨てる

＊

人はだれでも
遊びという名の劇場をもつことができる
悲劇　喜劇　活劇　メロドラマ
そこで人は主役になり、同時に観客にもなることができる

＊

ぼくは人力飛行にあこがれていました
飛行機はただの道具にすぎなかったが、飛ぶことは思想でした
ぼくは大空を見あげておもいました
プライバシーなんかいらない
フライバシーがほしい、と
遊ぶことは　冒険することであり、

ためすことであり、知ることだったのです

＊

僕は「運のわるい女」がきらいです
なぜなら、「運のわるい女」には、人生が一つしかないからです
遊びは、不運な人たちにも
「もう一つの人生」があることを教えてくれるのです
だからぼくは、いつでも自分に賭ける

＊

どういうものか「誰か故郷を思わざる」という唄をうたうと、ツキがまわってくるんです
はじめて競馬場へ行ったとき
はじめて玉突きを覚えたとき
はじめて女を口説いたとき
だからぼくは

皆で一度、一緒に唄ってみたらいいんじゃないかと思ってるんです
政治の悪い時代には、「誰か故郷を思わざる」でも唄ってみる
そういうもんじゃないのかな、遊びなんて

＊

人生が終わると、遊びも終ってしまう
しかし、遊びが終っても人生は終らない
遊びは何べんでも終ることができるから、何べんでもやり直しができる
出会いとわかれのくり返し
そこが、遊びのいいところなんだね

＊

人生では敗けられないが、遊びでなら敗けられる
そして敗けを知ったものだけが味わえる風景というものがある
「誰か故郷を思わざる」なんて唄は
競馬をやったことのある者にしか、味わうことができない唄ではないだろうか

＊

人生が、いちばん安上がりの遊びである
死が、いちばん高くつく遊びである

＊

遊びは、人生の時刻表である
人はそこに立ち止まり、自分の乗る汽車をえらぶ
人生は汽車である
旅をしながら年老いてゆく

＊

遊びは不幸な人間の第二の人生である
遊びは孤独な人間の第二の魂である

＊

人はだれでも、もう一つの人生をもつことができる
それは遊びである

ドストエフスキーは言っている
「一杯の茶のためには、世界など滅びていい」

*

夢の中で失くしたものを
目がさめてからさがしたって見つかる訳はない
現実で失くしたものを、夢の中でさがしたって見つかる訳はない
人はだれでも二つの人生をもつことができる
遊びは、そのことを教えてくれるのです

――『遊びについての断章』

自分の人生を好きなように使う

いろいろなことを「代理人」の手に任せる社会のしくみは、決して他の人に任せられないことを自分でするため、その「時間を貯える」為だということを忘れてはいけません。

「代理人」を必要とするのは、自分自身の成長のための方便のようなものです。ところが今では本末転倒してしまって、すべて、代理人に任せ、愛することも、死することも、すべて「代理人」次第という人が実に多くなってしまったのです。（中略）一体、どこからどこまでを代理人に任せ、どこからどこまでを自分の手に奪還すべきか――ということを決めることが「情熱」の尺度になるのです。ベトナム戦争からアラブ・パレスチナ解放まで、何ひとつ代理人の手には任せられないと思いたって、自らを「兵士」と命名して出かけてゆく若者たちは、恐ろしく無駄なことをしているのかも知れません。

しかし、自分の人生を好きなように消費できる権利をこそ「自由」と名づけるべきです。

――『青女論』

一日一回、怒りましょう

一日一回、怒りましょう。

もし、怒るような腹立たしいことがあなたの身のまわりに何もないというなら、無理してさがしださなければいけない。よく気をつけて見ると、必ず「怒るべき」ことがあなたの周囲に何かあるはずです。

それを見つけ出して、怒鳴りつける。（そのことによってあなたは今までよりいっそう生き生きと見えだし、カッコよくなり、そしてあなた自身の日常のヒーローとなり得るでしょう）

イギリスの、Angry-youngmen（怒れる若者たち）というのは大方三十代半ばの世代に属していて、怒ることは怒っていますが、その怒り方ははなはだ抽象的で、かつ詠嘆的です。

たとえばジョン・オズボーンの戯曲『怒りをこめて、ふりかえれ』という作品の題名を考えてみてください。怒りをこめて「ふりかえって」一体何になるのか？

ふりかえるのは立ちどまるもののならわしです。ところがわたしたちは立ちどまらずに怒らなければいけない。

怒りは自動車のガソリンのようなものです。怒りは要するに明日への活力です。怒りをこめて「ふりかえって」も、すぎさった日々は回収され得ないでしょう。それに過去というのは常に廃墟でしかありません。

過去というのは「死の市」です。しかも完成品です。怒りによっては決して復元され得ないみごとな彫刻のようなものです。

——『家出のすすめ』

自分に成るものだ

しかし、ともかく、わたしは自分を「それはわたしです」といい得る簡潔な単独の略号を思いつきません。ましてや、先生が生徒に、

「君は誰？何する人？って訊かれたら、すぐ大きな声でわたしは何々です、と答えられるような人間になりなさい」

などと教えているのをみると、どうも不当なことを教えているような気がしてならないのです。自分は自分自身の明日なのであり、自分の意識によってさえ決定づけられ得ない自発性なのです。

人は「在る」ものではなく「成る」ものだ、ということを書いた西村宏一のすぐれた詩をわたしは知っていますが……、わたしもまた、わたし自身への疑問符として自発的に生きてゆく、といったことを目ざすべきなのではないでしょうか。

――『家出のすすめ』

卑怯になって生き抜く知恵

「しかし、どんな人間にだって最小限の約束というものがある」

「たとえば？」と私はきいた。

「たとえば、卑怯な人間になるな、というようなことです。だれだって卑怯な人間になんかなりたくありませんからね」

しかし、と私は思った。卑怯な人間になるな、というわかりきったような決定論にだって、よく考えてみれば疑問符のさしはさむ余地はあるのではないだろうか？

(中略) それは、いわばディスコミュニケーションの孤独だった。

「戦争中に」と私はいった。

「勇敢な兵士になることと卑怯な兵士になることと、どっちが人間だったかということについてお考えになったことがありますか？ 卑怯ということが、ときには世の中を行きぬいてゆくための知恵として必要になる場合だってある。マキャベリの思想が、ときとして有効になるのは、卑怯の正当性といったことではないですか？」
――『ぼくは話しかける』

キッスするのにお金はかからない

はじめてのキッスには……（というより、キッスというものは、つねに「はじめての」ような新鮮な感動をともなうものですが）、自分たちだけのおもい出として印象づけ得る場所をえらぶべきです。たとえそれがスクラップ置場だろうと、どしゃ降りの雨の公園だろうとかまいませんが、ともかくそれが「決定的瞬間」としてとらえ得るように、演出するのが男性の恋愛にたいする義務であるべきなのです。

デパートのシャツ売り場で、ぶら下がりのシャツを買うのはお金がないから仕方がないことですが、本来的には、自分にもっともふさわしいシャツをデザインして着た方がいいということは誰もがもっている願望です。

しかし、シャツはともかく仕方ないとしても、キッスにはお金はかかりません。イージー・オーダーの場所ではなく、自分たちの独特のオーダーで、趣味や生活や、感受性にふさわしい場所を発見することこそ、恋のたのしみでなければいけなかったのではないでしょうか。

——『家出のすすめ』

あの道を帰ってゆく

「すごい……豊作だよ。母さん」
「すごいだろ、あたし一人でやったのさ。畑の真中には、お墓もあるだろ。お墓のまわりの黄色いのは、おまえが子供の頃に好きだった菜の花だ。よく見てごらん、あの菜の花は、ぜんぶ母さんの白髪でつくった造花だよ。だから決して枯れることがない……」

「これ全部かい？　母さん！　これ全部、母さんが夢に見たのかい？」

「そうだよ。ほら、真中に小さな茅葺きの家が一軒ある。畑の中の道は、どこ通っても必ずわが家に帰るようになっている。双六だよ、おまえ。おまえは叱られて、風呂敷包みをもって、夕暮になると、あの道を帰ってゆくんだ」

――『レミング―壁抜け男』

忘れられない人間になる

思いだされるような過去形の奴になるのは何とも不本懐なことではありませんか。

わたしは「思いだされるような奴」になるよりは「忘れられない奴」になるべきだ、と思っています。

――『家出のすすめ』

空想して現実は見る

空想は、行為の再現でもなければ終局でもない。まさに現実と同じように、力学をもった存在である。

そして、空想を生活のなかにたたみこんで居直るのが、実人生における「演技」というものである。

演技の問題は、同時に劇的想像力の問題でもある。それは、想像の世界と現実の世界とのシーソーゲームであり、日常生活の中で、両者を同時にとらえることによって、識別してゆく眼を持つことである。

重要なことは、「演技」を生き方の方法にすることによって、想像と現実とのあいだの階級を取り除くということである。

空想していたものが、いつのまにか現実になだれこむという無思想の戒めである。

空想とは現実を見る一つの方法論であり、現実とは、万人の空想に支えられた楼閣である。

――『幸福論』

選ぶことで自由になれる

私はかねがね、「書を捨てよ、町へ出よう」という意見をもっていて、「本は書斎で読み、セックスは寝室でする」という保守的な考え方に反対なのである。

本は青空の下、馬車の上、ときには歩きながら、ときには食卓や飛行機の中で読みたいし、セックスもまた海岸や芝生の上、納屋の藁束の中や応接間、ときには木の上や劇場のステージでしたいと思っている。

場所の拡張が、人間の拡張につながると簡単に言い切ってしまうつもりはないが、すくなくとも自由になるための手がかりであることだけはたしかなように思う。

――『アメリカ地獄めぐり』

絶対間違いないやり方

「そいつが犯人なのだ」

「一体何の事件の？」

「それは逮捕してから調べるんだ。いまや推理は事件を追い越した。進歩ってやつだよ、きみ。犯人の方だって捕まれば必ず悪事を働くんだ。墓を作ってしまえば仕方ないから、死ぬ。消防自動車がくれば仕方ないから、放火する。

爆弾を作ってしまえば仕方がないから暴動を起すんだ。遺書ができあがってしまえば、きみ、自殺するより仕方ないじゃないか。だから、犯罪の真相をつきとめようとしたら、まず逮捕することだ。それが絶対間違いないやり方なのだよ」

――『地球空洞説』

無関心であるということは、接触を排し、
偶然的な出会いを黙殺する。

「問題が起きたら考える必要はある」
しかし
「その問題に身を投じてはいけない」

私は生と敵対関係をもたない形式によって、従来の人間に与えられてきた抑圧、桎梏とたたかい、
それを解放に向かわせることに、
より大きな自由の意味を見出す。

好奇心が想像力の父であることを忘れた
教育は、不毛である。

第3章

「生きる」って何

もし世界の終りがきてたった一人生き残ったら

世界の終りがやって来て、たった一人だけ生き残ったらどうするか？　ということについて書いたエマ・A・オパーの「さいごの少年」という詩は愉快な死である。
さいごの一人はおそろしい目にあうと聞かされていたが、実際には「こんな楽しいことはほかにない」というのである。

ベッドにだっていかないぞ、小うるさいばあやもいないし
学校にもいかないいんだ
ぼくのお尻を叩いて学校にいかせる人も
ひとっこひとりいないいんだから

一八八五年に書かれたこの詩を笑う前に、私たちは、自分たちの「世界の終り」に

ついてもう一度よく考えてみる必要がある。

いつの時代にも「世界の終り」は、その時代の想像力を動員しながら語られてきた。「世界の終り」という虚構は、イソップのうそつき少年の「狼が来た」と叫びまわる声のように、多くの人たちを騒がせたが、その人たちが死んだあとも、世界だけは生き残っていた。

世界を一つの形態と考えて「始めがあったら終りがあるのだ」と言うことはたやすい。しかし、だんだんだれも驚かなくなって来るにつれ、うそつき少年の「狼が来た！」と叫ぶ声も大げさになったようだ。

だが、と私は考える。貧しい想像力の持ち主は貧しい世界の終りを持ち、豊かな想像力の持ち主は豊かな世界の終りを持つだろう。

世界はまず、人たちの想像力の中で亡びる。そしてそれを防ぐためには、政治的手段など何の役にも立たないのである。

——『地平線のパロール』

誰かが誰かを救えるなんて思いあがりだ

僕は人間が人間を救済できるなんて全く思いあがりに思えてしょうがないのです。人間が人間を救済できるという幻想、思いあがりは、今まで、多くの歴史上のあやまちをおかしてきたし、誰かを助けるために、他の人を犠牲にするとか、そういう形ででてきたんです。キャロル・リイドの『第三の男』という映画のなかで、高い鉄塔の上から見ると人間がアリのようにしか見えない、あのなかの一人が死んだら、おまえに二百ドルやるという時、もらうかというと、全然知らない人が知らないところで死んで、二百ドル手にはいるのだったらもらおうという話なんです。

実際、われわれは誰かの犠牲の上にたって、背広をきたりしてる現実があるわけで、そういうなかで、責任ノイローゼというのも問題だけど、かと言って、あらゆる人間に対して無関心になって自己中心にしか考えてないのは、もっと犯罪的なわけです。

――『時代のキーワード』

苦しみは変わらない、変わるのは希望だけだ

一本の樹にも
ながれている血がある
そこでは血は立ったまま眠っている

私とぎんちゃんとは、同じ消灯時間に寝落ち、同じ長い夜を迎えることになっていた。しかし、決して同じ夢を見たことはなかった。醒めて、同じ幻想をいだくこともなかった。ベッドとベッドの一メートルの間隔には、はてしない荒野がひろがっていて、そこではお互いに一つの「時」の回路をまさぐりあっていたのである。私は、その頃「血は立ったまま眠っている」という戯曲の構想をねっていたし、ぎんちゃんは下高井戸署の刑事への復讐をもくろんでいた。一体、私たちにとって、希望とは何であったのだろう。マルローは「苦しみは変らない。変るのは、希望だけだ」と書いて

いる。
その頃、砂川斗争から安保斗争へと、時代は蠢動しはじめていた。私は、一日おきに輸血し、月に一度は危篤状態に陥入るようになっていたが、遺書だけは一度も書いたことがなかった。

地下水道をいま走りゆく暗き水のなかにまぎれて叫ぶ種子あり

私は身長一メートル七十三、体重六十五キロ、血液型ＡＢで、二十二歳、得意な歌は「誰か故郷を想はざる」であった。

――『誰か故郷を想はざる』

屈折のない子には明日をまかせられない

わたしの最近のもっとものきにくわないものの一つに、ドモラずにスイスイと軽口をたたく人種があります。かれらが言葉を尊敬していない、などというつもりはないが……、すくなくともかれらは人生を尊敬していないことはまちがいがありません。ぼくは、はやりの「現代っ子」のなかでも、ドモリ要素のない子は好きではありません。精神の屈折のない子に何で明日をまかせられるものか。

と、いってもわたしの考えは、何もハムレット的にドモレというのではなく、もっと自分のなにか「恍惚と不安」のあるような思想を発見せよ、と主張しているにすぎません。

言葉もまた肉体の一部である。完全な肉体が、人間として失格であるように……、ドモリながらつぎの言葉を選ぶときの、言葉への新鮮な働きかけがないならば生きる歓びもまたないでしょう。

——『家出のすすめ』

人間はなぜさすらい続けるのか

人間は、一つのことば、一つの名の記録のために、さすらいをつづけてゆく動物であり、それゆえドラマでもっとも美しいのは、人が自分の名を名乗るときではないか……、とわたしはふと考えました。

——『家出のすすめ』

生きている人もお墓だ

「生きてる人にだってお墓はあるさ。
あたしが生きてた頃、あたしのお墓は
お父さんだった。やさしいお墓、病気のお墓。

あたしはよく寝る前にお墓の肩を叩いてやったっけ」

――『九州鈴慕』

一生かかって完全な死体になる方法

「だれもいなくなってしまった……何でも望みを叶えてくれるお焼場の煙突のけむりもとまってしまった……おひさまが照っているのに地上は暗い……にんげんは、中途半端な死体として生まれてきて、一生かかって完全な死体になるんだ」

――『さらば箱舟』

すでに多くを持っている

わたしはいったい何を持っているだろうか！　と考えることがあります。たとえばわたしはチャーリー・ミンガスやマル・ワルドロンのモダン・ジャズのレコード。あまりスポーティではない何枚かのシャツやセーター。

都心の安アパートや古いボクシング雑誌、まわらなくなった珈琲挽き機械を持っています。なかなか標準語化しない青森訛りも持っているし、病歴も、アダムスやスタインベルグの漫画本も持っています。

だが「持っている」といっても、いつも手に持っているわけではない。おもうときに、おもうように自由にできるから、「わたしのもの」だというふうに考えている、という程度のことなのです。

だが、おなじような意味でなら、わたしは広い空全体も持っているし、東京の町も持っている、ということもできるのです。

つまり「おもうときに使用しても、文句をいわれない」という意味でなら、わたしの所有の範囲はぐんと広まるのであって、……とくに「わたしのもの」と主張しなくとも、わたしはさきにあげた以外の数え切れない多くのものを「持って」おり……、言葉をかえていえば、かなりの財産家である、ということもできるのです。

――『家出のすすめ』

「書を捨てよ、町へ出よう」とはどういう意味なのか

ぼくの「書を捨てよ、町へ出よう」ということばは、「書を読むな」ではなく、「書を捨てよ」であることに留意しておく必要があります。

これは、「知識」の超克であって、「なま」であることを知識に先行させようというものではないことです。

そして、こうしたフレーズ自体が、書物として書かれているという事実も前提とし

て考えなければなりません。
ぼくは、知識を軽蔑しているのではなく、知識による支配を否定しようとしているのです。

――『寺山修司から高校生へ―時速100キロの人生相談』

わたしたちは
目をあいて多くの絶望を見てきた
だが、目をつむりさえすれば
いつでも
希望を見ることができた

「鏡には、墜落への誘惑がひそんでいる」
と、私は思った。
一枚の鏡をじっと見ていると、
私はその底の暗黒に吸いこまれ、
墜落してゆくような目まいを覚えるから
である。

「出会い」は、相手の内世界を変革するものでなければ、それは不毛である。

人生を軽蔑するものは、
軽蔑に価する人生しか、
手に入れることが出来ないのですよ。

第4章

自分「ひとり」でも生きていく

歌は一人でうたうものだ、群れるな

私は集団に与することが嫌いだ。

私が会社へ勤めたことがないのは、並んで歩け、とか、この歌をうたえ、というような、何かを強いられることが嫌いだからだ。

だから私の劇団が非行少年にとって安息の場になりうるのは、イヌのような使命を負わされないという自由さにあるのだと思っている。私がある意図のもとに、角兵衛獅子の親方みたいに未成年をムチで打ちながら、やれやれ、とやっているわけでもない。

だいたい「隊」をつくることが嫌いなのだ。

愚連隊も隊がつきだすといいことはない。

修学旅行も団体ということが問題だ。

ぼくが労働歌よりも流行歌が好きなのは、流行歌は一人でうたうものだからだ。そういった意味から、デモは好かない。並んで歩くのはよくない。言ってみれば、デモとは、時間を限定した歩く会社みたいなものだと思う。

――『ぼくは話しかける』

捨てながら生きればいい

私は何でも「捨てる」のが好きである。

少年時代には親を捨てて、一人で出奔の汽車に乗ったし、長じては故郷を捨て、また一緒にくらしていた女との生活を捨てた。

旅するのは、いわば風景を「捨てる」ことだと思うことがある。

――『書を捨てよ、町へ出よう』

家を捨てて一人で生きる

けちくさい所有の単位として「家」を考えるくらいなら、「家」などは捨てた方がよい。死体置場の番人になるくらいなら、町の群衆全体を「所有」する方が、はるかに人生に参加する意味がある。

問題は、むしろ、「家」の外にどれだけ多くのものを「持つ」ことができるかによってその人の詩人としての天性がきまるのであり、新しい価値を生みだせるのだ……と知ることです。

わたしは、同世代のすべての若者はすべからく一度は家出をすべし、と考えています。家出してみて「家」の意味、家族のなかの自分……という客観的視野を持つことのできる若者もいるだろうし、「家」を出て、一人になることによって……東京のパチンコ屋の屋根裏でロビンソン・クルーソーのような生活から自分をつくりあげてゆくこともできるでしょう。

やくざになるのも、歌手になるのもスポーツマンになるのも、すべてまずこの「家出」からはじめてみることです。

「東京へ行こうよ、行けば行ったで何とかなるさ」

——そう、本当に「行けば行ったで何とかなる」ものなのです。

——『家出のすすめ』

親を捨てる

母一人子一人という場合、とくに子供の方に精神的弱さをもったものが多い、とフロイトは書いていますが、こんな場合、彼らは「親を捨てない」でいるからいけないのです。

母一人子一人の場合にかぎらず、若者は一人立ちできる自信がついたら、まず、

「親を捨て」ましょう。親を捨てる、といっても、背中に背負ってエッチラオッチラと姥捨山をのぼっていくということではありません。

誰でも、わかれた奥さんには月々お金をはらうものです。それと同じように、自分を育ててくれた親にはたっぷりお金はあげた方がよろしい。（たっぷり、というのは自分の収入に応じて、自分と同等の生活ができる程度、ということです）

そして、そのかわり、精神的にはきっぱりと縁を切ることです。

そして一度縁を切ってしまって、親にかわって、恋人か奥さんと、新しい「愛情」を育ててゆき、それからふたたび親に、今度は「親に対しての友情」という新しい関係をもてばいいのです。

コーピットのドラマの母親の、「世界は汚辱にみちているから、おまえには見せられない」という考え方は、現代の親にも共通したエゴイズムです。母親の愛情というものは酬いがないだけにかなしいものですが、とくに母一人子一人の場合のように、母親が子に恋人のイメージと息子のイメージを重複させてしまったりしていると尚更厄介で、コーピットもこの母親を食人魚ピラニアにたとえています。

つよい青年になるためにはこうした母親から精神の離乳なしでは、ほかのどのような連帯も得られることはないでしょう。

どうしても母親の愛をのがれられない人はキリシタンの踏絵のようなつもりで一度、自分の母親に「姥捨山につれていくぞ」と言ってごらんなさい。

母親よりも、あなた自身がそれを言ったときから変ることができるはずです。そして、それは精神の離乳の契機になるにちがいない。どろどろした愛情の血の泥沼のなかで、とび立つべき自分のつばさをぬらしてしまっている一人息子になるよりは、「親不孝」をすすめたい……というのがわたしの考えです。

「おまえを育て、かわいがってきたのはこのわたしであっておまえの恋人ではない」という母親だったら、尚更捨てなくてはいけません。

そして家庭的な人間から、一度は社会的な人間に変ってゆき、そのあとでまた、自分がどのような人間としてアンガジェすべきかを考えることです。

さあ、あなたの家の中へ、こころの姥捨山をつくることを始めてください。

――『ぼくが狼だった頃』

故郷とは過ぎてきた思い出にすぎない

俺は東京で生まれて東京で育ったから「故郷がないんだ」と言う男がいる。だが、その男だって生まれた土地は持っているのである。

ただ、故郷というものは「捨てる」ときにはじめて、意味を持ってくるという性質のものらしい。

だから一生故郷を捨てないものには、「故郷」が存在としては感じがたいだけのことなのである。

故郷というと田園を思いうかべる人がいるが、それは想像力の貧困というものである。故郷というのは、実は「捨てる」行為によってたしかめられる自分の生い立ちの思い出のようなものなのかも知れない。

だからそれは、土地というよりは経験であるとも言える。

ハイマートロージヒカイト（故郷喪失）という観念は、いわば自分自身の喪失にかかわることであって、土地遺棄のことではない。

帰る故郷があるならよかろ
俺にゃ子もない親もない

——『人生処方詩集』

自分は誰なのか

人生はそのまま大河演劇であり、私たち自身は台詞を言い、演技論（という名の幸福論）を身につけ、そのとめどない劇の流れの中で、じぶんの配役が何であるかを知るために、「自分はどこから来たのか？　そしてどこへ行こうとしているのか？」と自問しつづけている。

——『地下想像力』

人生には帰る場所などない

おっかさん
ただもう一度だけ
ぼくをにんしんして下さい

という永井善三郎の詩を読んだとき、私はびっくりしたものだった。もう一度生まれるとしても、同じ腹から出て、同じ家の中へ「帰ってくる」という思想は、私にはないものだったからである。

思えば、私は生まれてこのかた「帰りたい」と考えたことなど一度もなかった。第一、帰るところも、ありはしなかった。

「帰る」ということは同じ場所にもう一度もどってくることだが、私はこの世に「同じ場所」があるなどとは、どうしても思えなかった。

人生は一回きりなのだから、往ったきりなのだ、と私は思った。昨日の家と今日の家とは同じものではない。

だから、昨日の家へ帰ろうとしたって、無理なことなのだ。

昨日の家へ帰ろうとして道を辿る者は「今日の家」という新しい経験の中へ入りこんでゆくことにしかならないだろう。

そんな自明なことがわかっていながら、人がみな帰りたがるのは、一体なぜなのだろうか？

ころがりしカンカン帽を追うごとく
ふるさとの道駈けて帰らむ

と私が短歌を作ったときに、私はまだ中学生であった。

私は一度も出たことのない故郷にいて、「帰る」ことを歌っていた。だが、高校に入ってべつの町へ下宿し、ときどき帰省するようになると、歌の内容もちがってきた。

ふるさとにわれを拒まぬものなきは
むしろさびしく桜の実照る

――『旅の詩集』

もう一人の自分といつか巡りあうために

少年時代に観た映画『コルシカの兄弟』(The Corsican Brothers)――フランキ家の復讐を果たしたコルシカの兄弟。一人は愛するイザベルを胸に抱き、一人はその分身にイザベルを渡して、静かに息を引きとってゆくのであった。グレゴリー・ラトフが監督した、このB級映画の傑作は、その後も長く私の胸に抱きついて離れなかった。そして、私は思ったものだ。

「この広い空の下のどこかに、私の分身が一人いて、私とのめぐり逢いを求めながら旅しているのではなかろうか?」と。

——『さらば、競馬よ』

定住しないで、逃げる

アメリカへ行ったときの話をしよう。私はケンタッキーの旧家に民泊し、チャーチル・タウンで行なわれるケンタッキー・ダービーの開催日を待っていた。

夜中に停電があって、庭では犬が吠えていた。女主人はもう九十歳をすぎていたので、私がかわって、地下室にある配電盤をたしかめにゆくことになり、燭台をもって石の階段を下りていった。そして、私はそこで、思いがけぬものを見出したのだった。

逃げたわが家の奴隷をさがしています
懸賞金つきです

それは卒業証書か何かのように、額に入っていたが、中には一人の黒人の写真が入っているのだった。写真の中で、黒人は笑っていた。私には、この埃をかむった古い手配書がどんなドラマを秘めているのかよくわからなかった。おそらく、事件の核心にふれるためには「アメリカの歴史」にまでかかわっていかねばならないことだろう。

しかし、逃げていった一人の黒人は、(百年の時の経過を超えて)いまでも、まだ、シカゴかマンハッタンのハーレムにかくれているのではないか、という気がした。かくれている黒人は、ときどき、このケンタッキーの家のことを思い出すこともあるだろう。夏に咲く花のことや、喘息病みの女主人のこと。そして、一度逃げはじめたものにとっては「逃げる」ことが生きることになり、どんな充たされた場所や条件を与えられたとしても、定住すること自体が桎梏であるということに気づき、「永久逃亡」のほかに、生きるすべがないということを悟るのである。

――『旅の詩集』

自分自身を独創的に作りあげる

わたしは少年時代から家出にあこがれていました。そして、いまでも空にひぐらしの声が喘きかわすのを聞くたびに、「遠きみやこ」をあこがれて血を湧かしていた「自分の時代」に帰ってゆくおもいがします。

地方の若者たちはすべて家出すべきです。

そして、自分自身を独創的に「作りあげてゆく」ことに賭けてみなければいけない。帰ろうとおもえばいつだって帰ることはできるのですから……。

――『家出のすすめ』

出会いをもとめて旅をする

旅は出会いである。人は出会いの偶然をもとめて汽車に乗る。

何となく汽車に乗りたく思ひしのみ
汽車を下りしに
ゆくところなし

と石川啄木は歌ったが、「ゆくところ」などは、どこだっていいのだ。人さえいれば、出会いはある。それは、人と人との出会いから、人と風景との出会い、人と言語との出会いまで、限りなく生成されてゆくものだからである。

――『旅の詩集』

家出したあの日を忘れない

わたしは「家出」の反語は、何か……、と考えることがあります。すると帰宅という言葉をおもいつくのですが、これはまったくニュアンスがちがい、「宅」という言葉には、何かやさしく帰りを待ち受けるものの匂いがします。

では、反語は他にはないのか……、とおもうと、何もない。「家出」には反語はないのです。わたしは、ここでは「勝つ」という言葉について、社会学的分析はしませんが、しかし、家出主義者、初心忘るべからず、といった教訓をたれたいとおもいます。

家出するとき、人は「にくむ」ことを知っていたはずです。そのエネルギーは失ってはならないということです。

――『家出のすすめ』

疑問符をいっぱい持てば世界とつながる

私は思ったものだ。私自身の存在は、いわば一つの質問であり、世界全体がその答なのではないか、と。（中略）

「卑怯な兵士と勇敢な兵士」。この二つのなかのどちらかを選ぶとしたら、私はやっぱり勇敢な兵士を選ぶかも知れない。

だが、必要なのは結論ではなくて、こうした決定論を生み出す途中の、判断の重みといったことなのである。

あらゆる思想には、それぞれの正当性はある。

どんな犯罪にだって、どんな戦争にだって、それなりの理由があったりするのである。

大切なことは、そうした場合に一つの決定論に身をまかせてしまわずに、一度は疑問符をさしはさむということなのではないか。

友よ、疑問符をいっぱい持とう。

そうすれば、より多くの答によって世界全体とつながるのだから。

――『ぼくは話しかける』

まず問いかける

このところ、私は二匹のカメを飼っている。

一匹が質問という名で、もう一匹が答という名である。問題は、答よりも質問の方がはるかに大きいことであり、たずねてきた友人たちは「答より大きいというのは、どういうことだ？」と訊くことになる。

そこで、私は答える。「質問はかならず、答をかくまっているからその分だけ大きく見えるだけさ」

――『月蝕機関説』

生きることに軽薄に悩むな、書く前に走れ！

ある日記より
○月○日（日曜日）
何のために
どんなふうに
生きればよいというのだ
オレがいなくても
オレが死んでも
人間は動きまわる
時間はどんどん過ぎ去って
再び帰ることはない
あのときは幼かったが

一生懸命生きていた
食うために生きろというのか
生きるとはどういうことか
いたずらに老い、死んでいくのか

（岩手・高校生18歳）

きみは、この日記を書く前に100メートルを全速力で走るべきだった。ローリングストーンズを100回聞くべきだった。見知らぬ女の子に話しかけてみるべきだった。「あしたのジョー」の10年後を想像するべきだった。ぼくは、「生きる」などということを10行くらいで書いて悩むような軽薄さを好まない。（寺山）

——『寺山修司から高校生へ——時速100キロの人生相談』

誰かの生命を引き継いで生きる

私は子供の頃、世の中の生命の絶対量は一定だと思っていた。だから、誰か一人が生まれるためには、どこかで、誰かが死ななければならない。私が生まれたときにも、きっとどこかで誰かが死んだはずであって、私はその人の生命を引き継いだにすぎないのだ。

その人は、たぶん、私と同じ性格で、同じような血の色をしているだろう。その人に「逢いたい」とも思った。すると、船乗りだの刺青師だの薬売りだの、腹話術師だの、と、さまざまの人が思い浮かんだ。だが、私はその人に永遠に逢うことができないのであり、私のあと、私の生命を引き継ぐ人にも逢うことはできないのである。

——『花嫁化鳥』

人は自分自身のものでしかない

人間の親子関係も、むかしのように暗くじめじめとした血縁的なつながり、人間相互の私有関係から、次第に社会のなかでの選択自由の愛情関係へとうつりかわりつつあります。

自分の親だから老後を看てやるという発想は、「自分の親でない人の老後は看てやる必要はない」という考えにつながりますが、「老人が好きだから」

あるいは、

「老人がとてもかわいそうだから」

老後を看てやるという大きな思いやりは、もっと素朴な本心の声の中にあります。

そこには「私の」「俺の」という但し書がないだけに、ほんものの情念が感ぜられるのです。

もう、いいかげんに「私の赤ちゃん」「私のお母さん」という個人的な思い出を、押しつけがましく宣伝するのは、止めにしたいと思います。

ひとは何時も、自分自身のものでしかないのであり、そこから出発した思い出だけが、コミュニケーションの回路に辿りつくことができるのです。

そう思って書いたのが、

時には母のない子のように
だまって海を見つめていたい

という例の歌だったのです。

――『青女論』

上手にうそはつけばいい

太宰治のおばあちゃんは、太宰治に

「おまえは、うそばかり吐いてるから、せめてすることぐらいは本当のことをしなさい」

と言ったそうです。これは、とても面白い意見だと思います。うそとか本当とかはつねに「言い方」「表現法」の問題であって、行為や行動には、あてはまらないからです。

あらゆる行為、行動はすべて事実です。しかし、それを人に伝えることばは、すべて虚構化されてしまっているのです。ただ、見たことをそのまま伝えようとすることが、不正直、うそといわれているにすぎません。

もともとうそには二通りあって、何かを「かくす」ためのうそと、何かを「表現する」ためのうそとに分かれます。「かくす」ためのうそは、ゴマカシとも呼ばれるし、機密とか謀略とも呼ばれる、保守的なものです。それに対して、「表現する」ためのうそは、ホラとか虚構とか呼ばれる、(場合によっては)革命的なものです。

正直を要求されていた子供時代の私は、『ほら吹き男爵の冒険』という本が大好きでした。

そして身のまわりにスケールの大きなウソがなく、小さなゴマカシと事実第一主義の味もそっ気もない告白が氾濫しているのをさみしく思ったものです。うそが足りないのです。私は、若者よホラを吹け、と言いたい。うその中にこそ想像力によって生みだされる真実がある。

真実を手に入れようとしたら、上手にうそをつくことが必要です。私の好きなことばに、こんなのがあります。

「真実の最大の敵は、事実である」

——『気球乗り放浪記』

言ってることとやってることが違っていい

ところで、わたしは言行不一致はそれなりで、なかなかいいものではないか、と考えています。すくなくとも、言行不一致を平気で容認していけるような太い神経だけが、長い歴史をすこしずつ変革してきたと考えられるからです。(中略)

福田恆存は、「わたしは自分でもときどき顔を赤らめるようないい事をいう。しかし、妻はそれを素直に聞いて成長して行った」と書いていますが、思想とは本来「自分でもときどき顔を赤らめる」ようなことでいいのではないか、とわたしは考えるのです。

そして、こうした言葉は、それ自体で一つの行為の重みをもっているのであって、けっして実行者のそれに優先されるものではないのです。そのへんのところをよく弁えてかからぬと、つねに体験者優先の思想しか効力をもたないということになります。

わかりきったことですが、ここが重要な点です。

「立派なことをいうが、あいつのしていることはいったい何だ」などという非難で、本末を転倒してはならない。思想とは本来、無署名のものであることを知っておきさえすれば、理想主義者トルストイが夫婦喧嘩のすえ、汽車に礫かれて死んだ……などということはいっこうに騒ぐに足らぬことだと、いうことがわかります。あいつァ人殺しだが、あいつの人道主義の説教はなかなかいいぜ、というくらい、徹底した言行不一致をたてまえにして始めねばおそらくいっさいの思想運動などは育たないでしょう。

――『家出のすすめ』

人生は「出会い」と「出別れ」

厳密な意味では、私の場合、スポーツファンというより、勝負ファン、ギャンブルファン、と言ったほうがいいかも知れない。ルールの持つ科学性が支配するスポーツの世界に、空想でわり込んでいく愉しみ、現実原則と空想との競い合いのなかにスポーツの勝負性が生じる。体操競技の場合でも私が興味を持つのは、演技でなく、その採点の面白さ、にである。

私の志向は「空想から科学へ」ではなく「科学から空想へ」と言えるだろう。それはスポーツに限らない。歴史の場合にも歴史的な必然ではなくて、歴史的な偶然を大事にしたい。

偶然はつねに美しいものだと思う。だから私は宝くじが好きだし、宝さがしの話も好きになれる。人は運の祝福によってのみ美しくなれるのである。

人生は「出会い」だと思う。

これが演技論ではない、純粋な、本当の「幸福論」の根本かも知れない。つまり、人生は出会いと、出別れ――ちょっとおかしな表現だけれども――の繰り返しだ。

必然的な出会いなどということはまったく信じられない。

偶然の機会が人生にも選択を迫ってくる。

――『ぼくは話しかける』

「人間は血のつまった袋である」

ぼくは、たびたび「人間は血のつまった袋である」という言葉を引用してきた。この言葉は、行きずりの旅行者のようにぼくを訪れて、いつのまにかぼくと親しくなってしまったのだ。

だが、今日、サン・ミシェルのクスクスというアラブ料理を食わせてくれる酒場で、隣あわせた老人が、この言葉の由来を教えてくれた。老人――ヨッハムによると、この言葉は小説家のカフカが、恋人のミレナへあてた書簡の中に書いたものだそうだ。

「もともとは、中世の詞華集にあった詩句でね」

とヨッハム老人は言った。

「人間は血と骨のつまった袋であり、神はその袋から、血を流して空気を入れる、となっているんだよ」

「空気を入れる、というのはどういうことですか?」

と、ぼくはきいた。

「面白いねえ。空気を入れて、袋をふくらます――というところが、いかにも即物的でいい感じだよ」と、ヨッハム老人は言った。

もう、大部、酔いがまわっているらしく、目が鋭く光り、顔中に迷路のように皺がきざみこまれている。

「実際は、この空気――つまり、見えない気体というのは、魂とか心とかいった概念だったんじゃないか、と思うんだがね」

――『気球乗り放浪記』

自分もまた一匹の狼だったんだ

人は誰でも、他人を襲うとき（それが戦場であれ、常時の戯れの時であれ）自分の顔を鏡にうつして見ておどろくだろう。気がつかなかったが、自分もまた一匹の狼だったのである。

——『幻想図書館』

おれはおれ自身の重力だった
そしておれ自身の揚力でもあった

私は、子供の頃から集団ぎらいであった。
組織にいつも逆らって、
一人で生きてきたのであった。

ぼくにはその汽車に乗ることができない
かなしみは
いつも外から
見送っていたい

人は、一生かかっても「自分だけのもの」を持つことなどできない。
そのことがようやくわかりかけてきたのは、つい最近のことなのである。

第5章

「夢」はまえにしかない

ふりむくな、うしろには夢がない

ふりむくな
ふりむくな
うしろには夢がない
ハイセイコーがいなくなっても
すべてのレースが終わるわけじゃない
人生という名の競馬場には
次のレースをまちかまえている百万頭の
名もないハイセイコーの群れが
朝焼けの中で
追い切りをしている地響きが聞こえてくる

思い切ることにしよう
ハイセイコーはただ数枚の馬券にすぎなかった
ハイセイコーはただ一レースの思い出にすぎなかった
ハイセイコーはただ三年間の連続ドラマにすぎなかった
ハイセイコーはむなしかったある日々の代償にすぎなかったのだと

――『さらばハイセイコー』

三分半の自由な幸福のあとで

一人の犯罪者が国境まで逃げのびてくる。
国境を越えればもう安全だ。
彼は国境にあるドラッグストアで一休みしてコーヒーを一杯飲む。
ドアをあけて出てゆけば、外はもう自由の天地である。

コーヒーを飲み終って、彼はふと傍らのジュークボックスに目をとめる。なつかしい曲が入っているのだ。

彼は十セントを投げこんでその一曲のレコードに耳をかたむける。

空は晴れて、国境の空に鳥がさえずっている。人を殺してまで手に入れた金は、もうこれから一生分位の生活と遊興費にあてても余りあるだろう。

彼はその一曲を心に沁みる想いで聞いている。

やがて曲が終って彼は立上る。

すると彼のすぐ傍らに手錠をもった刑事が立っているのだ。

彼は自由を目前にして逮捕され、もう二度と陽の目を見られぬコンクリートの塀の中に連れられて行く。

ドアの前で、彼は立止って店のバーテンに聞く。

「このレコード一曲は、何分かかったかね？」

するとバーテンが答える。

「三分半ぐらいですよ」

これは私の大好きだったジョン・ヒューストンのギャング映画『アスファルト・ジャングル』のラスト・シーンである。

――『書を捨てよ、町へ出よう』

美にはいつも何かが欠けている

本来、悲劇というものは、それがどうしても避けられなくて起こるからかなしいのであって、なかの誰かが「性格の中に何か欠点がある」ことなどからは、生まれるものではありません。

すべていい人であり、天気もよく、小鳥もさえずっているのに起こってしまった悲劇……これが問題です。

人の愛やにくしみというものは「邪悪な社会の犠牲」などという言葉では割り切れ

ないところから始まるのであり、それが人生の機微にふれているから「三倍泣ける」のです。
母物映画に見られる「生みの親」と「育ての親」の悲劇なども、どっちも善人であるのに子どもがたった一人だから、見ている人は泣く。(中略)
美というものは、本来、何かを欠いたものです。
完全な合理主義からは、美はおろかドラマも生まれてはきません。

——『家出のすすめ』

愛はどんなものにも代えられない

家事とよばれているものの大部分は今では代理 stand for でまにあうようになってきつつあるのが現代の特色です。
こうした時代に、すべてのことを代用させても、どうしても代用させることのできぬものが、愛であると思われます。

なぜなら、愛だけは「代りに愛してくれる」施設も代理人 stand in もいないからです。

そして、もしも、「家」を二人で持とうと決心したならば、二人にとって家事とは、洗濯や掃除、炊事のように他のものでまにあうようなものではなく「他では代用できない」ものであるべきではないでしょうか？

＊

青女のあなたが、もしもどうしても結婚し、家をもとうと思ったら、そのときには「家事」が経済の貧困のヒズミとしてではなく、その「家」で、しかも二人以外の人間には決して代行のきかぬ行為をどのように分担しあってゆくかという、愛の政治学の問題であるというのが、私の考えなのです。

――『青女論』

「あたしが娼婦になったら」

道徳などというものは、所詮は権力者が秩序と保身のために作り出すものにすぎないということは、今では知らないものなどいないのだから。

あたしが娼婦になったら
いちばん最初のお客はゆきぐにのたろうだ
あたしが娼婦になったら
あたしがいままで買いためた本をみんな古本屋に売り払って、世界中で
一番香りのいい石鹸を買おう
あたしが娼婦になったら
悲しみいっぱい背負ってきた人には、
翼をあげよう

あたしが娼婦になったら
たろうの匂いの残ったプライベートルームは、いつもきれいにそうじして
悪いけどだれもいれない
あたしが娼婦になったら
太陽の下で汗をながしながら
洗濯しよう
あたしが娼婦になったら
アンドロメダを腕輪にする
呪文をおぼえよう（略）

この詩を書いたのは、十七歳の女子高校生である。（中略）嫉妬が、愛情や肉体の私有財産化という、独占主義から発していると知るとき、ぼくはむしろ貞淑という名の美徳よりも、この十七歳の女子高校生のやさしさに組したい。

実際、ぼく自身にしたところで、毎日いろんな女と寝たいと思っているが、それは「性の解放」などという大義から生まれたものではなくて、もっと素朴な願望なのである。

――『書を捨てよ、町へ出よう』

愛について

夜更け
二階のどこかを　おまえが歩く
その足音が　こだまする
ぼくはその下で
本を読んでいる
戸外は風が吹いている

もうすぐ　秋が来るだろう
夜更け
二階のどこかを　おまえが歩くその足音が　こだまする
ぼくは本を閉じる
家のなかで
ただ意味もなく足音が
二人を　ひびきあわせている

――『思いださないで』

仕方なく生きていないか

積極型「仕方なし」族、というのは、いわば「門番を雇ってしまったから門をつくる」というタイプの人たちです。

つまり、つねに自分の方から状況の方に適応してゆく人たちです。こういう人たちにとっては、一つの信仰的論理が、自分のあらゆる欲望を制御するのに役立つものです。アランの幸福論ではないが、「雨が降ったら結構なおしめりで」と思い、「日が照ったら上天気」と思うようにすれば、なるほど人生に不満はないでしょう。

しかし、不満のない人生など、闘いのない人生など、誰が一体我慢できるものか。

わたしは「仕方なし」族、適応派は大嫌いです。つまり「門番を雇って」も、門をつくる前にほかの方法はないか、と考えてみる……という点に着目すべきだ、と思うのです。

するとそこには「門番は門の番をするものなり」という本質があって、それが存在に先行していることがわかります。

そこで問題は、門番の概念をかえさえすればいいのです。門番とは、ビフテキを焼くものである……と思えば、門をつくらなくてもすむ、ということがわかるのです。

――『家出のすすめ』

自由は自分の中にしかない

大人と子供のあいだの「自由」争奪の戦いばかりではありません。地上は限りない戦いのために見えない血であふれています。

そして、職業で、趣味で、貧富で、知能で、人たちはお互いに差別しあいながら、ますます息ぐるしい壁を作りあげつつあるのです。

こんなときに、反時代的に自分の「自由」を作りあげることには一体どんな意味があるのか、ぼくには、はっきりと知ることはできません。

ただ、たしかなことは自分の未来が自分の肉体の中にしかない、ということであり、世界史は自分の血管を潜り抜けるときにはじめてはっきりとした意味を持つものだ、ということです。

自由というのは、もはや、不自由の反対語ではないのです。

――『家出のすすめ』

まったくのところ、サーカスを必要とする社会は不幸かも知れぬが、サーカスのない社会の方がもっと不幸なのだということは、肝に銘じておく必要があるのではあるまいか。

さよならだけが
人生ならば
人生なんか　いりません

どんな鳥だって想像力より高く飛ぶこと
はできないだろう

過去の一切は比喩であり、虚構であり、
作り変えが可能なのである。

第6章

「幸福」も死ぬのだろうか

幸福とは幸福をさがすこと

物質の充足が、そのまま幸福につながるという考え方は、ほんとうはまだ幸福について深く考えたことのない人のものである。私はヨーロッパやニューヨークの日曜日の公園で、お金がありあまっていながら孤独な老人たちを何度も見かけた。

お金では満足は得られても、幸福は、デパートで売っている品物ではないからかがるしく大小を論じることは出来ない。つまり、それは、「幸福の大小ではなくて、幸福について考える人間の大小」なのである。幸福とは、思想である。

それは、生活の知恵ではなくて、もっと滔々とした流れる雲のようなものでなければいけない。

私はジュール・ルナアルのことばが好きである。

「幸福とは幸福をさがすことである」

――『ぼくは話しかける』

幸福は暴力にもなる

ことば――たとえば林檎ということば――は、まさに林檎そのものを連想させるためにのみ存在していて、古代の書物のようにそれ自体としてものを言うことはない。林檎、と書かれながら、このことばに赤さも重さもないというのは、何とみじめなことだろう。

「幸福」ということばにしたところで、同じことである。

私は、それが活字の画一性のせいばかりだとは思わぬが、なぜか書物に権力といったものを感じる。肉声には、暴力のおもむきがあり書物のことばには権力の匂いがするのは、肉声が往復可能であるのに比して、書物が片道伝達しかはたさないからなのかも知れない。

これも書物であるが――ソレルの『暴力論』などを読むと、上から下への力が権力であり、下から上へ、横から横への力が暴力と名づけられる、とある。

私が活字で語られる幸福論に反撥を感じ、それを肉声にかえすべきだというときには、無意識に「幸福の暴力性」といったことを考えているのかも知れない。

——『幸福論』

何に悩んでいるのか

私たちは今や、「物量的な死」「社会的な死」と、「質的な生」「個人的な生」との食いちがいに悩んでいる。それは、本来は同じ問題であったはずのものが、いつのまにか、「物量的な生」「社会的な生」といったことばや「質的な死」「個人的な死」といったことばを切り捨てて来た同時代の弁証法の問題である。

——『幸福論』

出会いは幸福

「出会い」の幸福論は、つきつめてゆくと数学の問題になってゆく。沢山の人に出会いたい、(または沢山の人と知合いになりたい)という願望は、たとえばボードレールの「数は一人一人のうちにあり。数は陶酔なり」の詩句のように、より複雑な出会いの幾何学を想像させるのである。もはや、「便所の中に閉じこもって、たった一人で幸福になろう」とすることはできなくなった。「人が群衆の中にいると喜びを感じるのは、人間が数の増大を好むことの神秘的なあらわれ」であり、「出会い」はこうした数学的幸福論のなかに、より多い可能性を見出そうとする。

——『幸福論』

私は誰なんだろう

F・H・ギディングスの「同類意識」ということばは今も生きていて、人は互いに、浸み込んだ習慣、ものの考え方、趣味や興味やゴシップが形成している「友情の世界」は、超えがたいものだと思っている。その結果、「友人の選び方自体の中に、自らを規定する階級的考慮」が入ってくるようになり、「自分は、この社会の中での、こんなタイプの人間。こんな身分の人間だ」という自己限定がはじまるのである。

私は社会が与える身分の問題を決して軽んずる訳ではないが、ここでは「幸福論」をはばむものとして、「自分が自分に与える身分」の問題――「私とは、××である」と一口で要約してしまう肩書人格を敵にまわさねばならないと考える。「さあ、言ってみろ。一口で言えば、おまえは誰なのだ？」

と問いつめられて答えることば。

「私は××です」

××……しがないサラリーマン。
××……一東大生。
××……名もない日本人。
××……商社員。
××……労働組合員。
××……創価学会会員。

この××とは、何ら実体とかかわりあうものではない。これはいわば「私」にとっての広告コピイのようなものであり、一つの要素に過ぎないにもかかわらず、いつのまにか「私」は、××でしかないと思うようになり、××人格化してゆき、「××意識」から××の友情を守ってゆこうとしはじめる。

「変装」とは、この××から自分を解放するための日常的な冒険であり、現実世界と想像力世界とのあいだの境界線をとりのぞくための起爆行為である。ここでは、××による停滞状況。××による不条理から解放されて、まさに「本質の世界から野放しにされた存在そのもの」のもう一つの日常性が問題になってくる。それは劇的想像力の恢復による生甲斐の再検討といったことである。

――『幸福論』

出会いは残酷なものである

実際、「出会い」はいつでも残酷である。しあわせに見える出会いの瞬間も、まさに「別離のはじまり」であると思えば、むなしいものだ。しかし、それでも「出会い」に期待する心のなかにしか、幸福論を書きこむスペースがない、というのがわれわれの時代の真実なのである。「ひとりで幸福になろうとしても、それは無理よ」

――『幸福論』

歴史は目的を持っていない

偶然なるものは、人間の理性のおよばぬ出来事であり、科学的な認識の対象にはなり得ないことであり、延いて言えば人智を信じてきた文明史の成果が、いかにもはかないものであった、ということの証しにほかならないだろう。

知りたい、知りたい、と思いつづけてきた人間にとって、偶然の出来事、思いがけない「知られざる発端」は許しがたい事である。歴史の流れには、必然と法則があり、偶然はその例外であるとする考え方——その偶然の原因をつきとめて、必然化してしまう企みは正当であるかどうか、問題である。

アリストテレスは「偶然なるもののなかには、恒常的でない真実というものが存在している」（詩学）と書いている。偶然に関する科学が、たとえどのように存在しようとも、それは無駄なことだ。人は、偶然なることを「科学的認識によって、必然化し得た」としてもそれで幸福になれるのではない。偶然の本質、偶然をそれ自体の存在として受けとめようと思い立ったときに、はじめて自由になれるのだ——と大学生の私は思った。

そして、その考えは今も変っていない。「万てを知る」ことによって解決しようとする理性の根源に対する挑戦は、いささか渡り鳥的ではあるが、歴史はそれ自体で何の目的も持っていないのだと知ったときに、ふるいおこすことの出来る勇気にかかわるだろう。

私たちは、ほんとうは、多く知ることだけを望んでいるのではない。むしろ、人間の分け前としては「知る」ことよりも「体験する」ことの方に、自由を求めているのである。

——『幸福論』

予定から自由になる

私は、「予め準備されてある」ものは何でも好きではなかった。予定されていた偶然など、どうして信じることができよう。印刷されてある「一代之運勢」から自由になることもまた、理性的判断や科学的常識から解放されることと同じではないだろうか？

――『幸福論』

希望を持つようになったらおしまいだよ

「希望を持つようになったらおしまいだよ」と、よくバーテンの野崎が言うのだ。「ほんとに、希望を持つようにはなりたくねえもんだ」それは、人間のかかる最後の病気なのである。現在を「世をしのぶ仮のすがた」だと考える多くのサラリーマンたちは、白ワイシャツとネクタイで覆面して、現在の中に巧みにまぎれこんでいる。そして、「今に見ていろ」と、心に誓いをかけて、希望病にとりつかれているのである。

那須さんから聞いたあるサラリーマンの一挿話である。

「製薬会社で五十五歳までつとめて、家庭ではよきパパであった一人のサラリーマンが、定年のパーティーをやって、家へ帰ってきた。

いつものように背広を浴衣に着替えて、茶の間でくつろぐ。テレビではヒットパレードをやっている。奥さんがお茶をいれている。

と、ふいに彼はガバッと身を伏して泣き出した。『ちがうんだ！　ちがうんだ！ほんとの俺はこんなんじゃない……ちがうんだ！』」

世をしのぶ仮のすがただと思いこんできたサラリーマンの仕事をいつのまにか五十五歳まで続けてしまって、気がついたときには虚像と実像とが入れかわってしまっていた、と知ったときの暗い絶望感のなかで、まだ恋こがれつづけている「ほんとの自分」とは一体何なのだろうか？　ロッツェは書いている。「人間の感情のもっとも注目すべき特質のひとつは、個々人としては多くの我欲があるにもかかわらず、人間全体としては現在が未来に対して羨望をおぼえないことだ」と。

だが、人間全体という視野をもたない人たちにとっては、明日への羨望だけが今日の諦念と取引きできる。それは「自己の現存在を、その個別的な品性、志向、恣意に適合させ、自己の現在をみずから享受しようとする」者のささやかなロマンチシズムにすぎないだろう。希望を際立たせるために、今日の先端と明日とのあいだの国境線を設ける者には「幸福」を論じることなどできないのである。

――『幸福論』

信頼はどうつくればいいか

修理工がボールを投げると、老運転手が胸の高さで受けとめる。ボールが互いのグローブの中で、バシッと音を立てるたびに、二人は確実な何かを（相手に）渡してやった気分になる。

その確実な何かが何であるのかは、私にもわからない。

だが、どんな素晴らしい会話でも、これほど凝縮したかたい手ごたえを味わうことは出来なかったであろう。ボールが老運転手の手をはなれてから、修理工のグローブにとどくまでの「一瞬の長い旅路」こそ地理主義の理想である。

手をはなれたボールが夕焼の空に弧をえがき、二人の不安な視線のなかをとんでゆくのを見るのは、実に人間的な伝達の比喩である。

終戦後、私たちがお互いの信頼を回復したのは、どんな歴史書でも、政治家の配慮でもなくて、まさにこのキャッチボールのおかげだったのではないだろうか?

私はキャッチボールのブームと性の解放とが、焦土の日本人に地理的救済のメソードをあたえることになったのだと思っている。

「地理主義」とは、市町村の分布図の問題ではなくて、いかにしてそれを渉るかという思想の問題だったのである。

——『書を捨てよ、町へ出よう』

友情とは何か

友情というのは、いわば「魂のキャッチボール」である。一人だけが長くボールをあたためておくことは許されない。

受けとったら投げ返す。

そのボールが空にえがく弧が大きければ大きいほど、受けとるときの手応えもずっしりと重いというわけである。それは現代人が失いかけている「対話」を回復するための精神のスポーツである。恋愛は、結婚にかたちを変えたとたんに消えてしまうこともあるが、友情は決して何にもかたちを変えることがない。

それは乱世ほど生まれやすい関係であり、敵と戦うときほど強く結びつく。

私は「戦友」という軍歌が好きである。しかし、福祉国家にあっては平和になればなるほど友情は見失われてゆく。現代人の大半が「友情」ということばを口にしなくなったのも、彼らが「幸福だなァ」と思っているからにほかならないのである。

だが、生半可な福祉国家なんてあてにしちゃいけないよ。

祖国より、友情のほうがはるかに私たちを「人間らしく」扱ってくれる。

そして今こそ、友情が人間の復権にいたるたった一つの時の回路のように思われる時代にさしかかっているのである。私は、フォスターのこんなことばが好きになったところである。

「もし祖国か友情かどっちかを裏切らなければいけないとしたら、
私は祖国のほうを裏切るだろう」

——『ぼくは話しかける』

過去に帳尻をあわせるな

なるほど、恩返しの美談で心をうつ話もない訳ではない。傷ついた一羽のツルを助けてやると、その恩返しにツルが機織り機でとてもきれいな布を織ってくれる。そして、ツルを助けた貧しい老夫婦は大金持ちになるという『夕鶴』のようなメルヘンもあります。

しかも、このメルヘンには、ツルが恩返しのために自分の生きた羽根を抜いて、わが身を犠牲にしていたというオマケまでつくのです。私は、この話を母からきいたのですが、母はあきらかに自分を老夫婦にたとえ、ツルを私にたとえているようでした。苦労して私を育てると、私がその恩返しにツルのようにわが身を亡ぼしても母のために働くというのが母の夢だったのでしょう。

だが、よく考えてみると、母が子を育てることは、そうして見返りを期待するようなことではない。

ギブ・アンド・テイク。与えた分だけ受けるといった計算ずくで、人を愛したり、面倒をみてやったりするというのは、あまりにもさもしすぎるという気がするのです。親子のあいだだけではなく、長い一生のあいだには人を助けたり、助けられたりすることはたびたびあります。

しかし、だからといって一々、そのことの「お返し」を期待しているのでは、くたびれてしまいます。

ツルを育てた老夫婦は、傷ついたツルをかわいそうだと思ったのであり、同時に、ツルの面倒を見るのが好きだったのです。

ツルに何かしてもらおうという下心があった訳ではない。ツルが傷が全快して飛び去って行ったとしても、べつに「恩知らず」などといってツルを責めたりはしなかったことでしょう。大体、「恩」ということば自体が、辞書の中に必要なものかどうかだって怪しいものです。

そんな言葉はなくても、ちっとも支障をきたすことなどないでしょう。

私はどちらかといえば古風な性格で、やくざ映画の好きな人間です、義理人情のため、一生を棒にふる男を見て、深夜映画館の片隅でハラハラと涙をながすことだってあるのです。

しかし、「恩」ということばは好きではない。恩を忘れぬということは、過去の関係にこだわるということであり、べつの言い方をすれば、恩もわすれぬが恨みも忘れぬ、ということになるのです。

過去の愛憎、恩怨の帳尻をあわせることにばかり、くよくよしている人間は、現在を独立したものとして受け入れることはできない。

――『気球乗り放浪記』

故郷とは何か

女は、生きてきた月日を思いだすとき、それが夫であったり、お祭りであったりする。だがそれは故郷とは別のものだということを男は知っている。故郷というものは、二度と帰ることの出来ないものであり、いつもさびしいものなのである。

故郷は、土地でも人でもない――もっとあいまいで形のないものである。土地や家に帰ることは出来ても故郷に帰ることが出来ない、ということは男なら誰でも知っている。

祖国ということばと同じように、故郷ということばも、いつも懐かしいひびきを持っているくせに、その実体を知ることが出来ないのである。

――『山河ありき』

白いかなしみ

おまえのかなしみは
一日も早く
よごしてしまった方がいい
そして
洗濯機で洗ってしまうのさ

ぼくはよく見かける
洗濯物といっしょに

風にはためいている
おまえの
白いかなしみを

――『さよならの城』

旅情はどこにも属さない

旅情というのは、旅立つ前の見知らぬ土地への憧憬と、到達してしまったものの幻滅とのあいだをつなぐ、（それゆえに、まだ、どちらにも属さない）感情だということになるのだろう。

――『旅の詩集』

変わらないものを信じない

そして人は言うのだ。

「死ぬまで渡りつづけるなんてことは、とてもできないよ。」と。

だが、私は渡りつづけること、旅しつづけることのほかに、何の人生があるものだろうか、と思っている。

定住することは、不滅を信じることだ。私は、そんなものを信じない。できるならば、私の死んだあとでも、墓は汽車の連結器の中につくってもらいたいと、思っている位である。

――『旅の詩集』

ふしあわせと言う名の猫がいる
いつもわたしのそばに
ぴったり寄りそっている
ふしあわせと言う名の猫がいる
だからわたしはいつも
ひとりぼっちじゃない

幸福という名の家具は
どこに置いたら、いいのかね？

私たちの時代に失われてしまっているのは
「幸福」ではなくて、「幸福論」である。

第7章

死んで「ことば」だけが残る

死ぬときはひっそりと姿を消したい

「生きてるあいだは、随分と人騒がせなことをやったから……」と私は思った。「せめて死ぬとき位は、人知れず、ひっそりと姿を消したい」

——『旅路の果て』

過去と未来はどこにあるのか

過去は、ストーリーであり、未来だけがエクスペリエンスであり得る。私の朝は、夜ふりかえってみたときには一つの比喩にすぎない。（中略）

思い出は、個人的な蓄積であるが、ときには疎外された人間たちの失地回復の〈緑の土地〉になることもあり得る。

それは、もっとも反国家理念的で、エロス的で、しかも大義名分の立ちがたい一つかみの野の花のようなものでありながら、しかし統合体としての歴史ではなく、配分され、分割された歴史のかけらとして、根強い変革の種子になることができるのである。

——『幸福論』

人は空の星を数えて老いてゆく

空には全部で　いくつの星があるのだろうか？
少年は　数えてみようと思いました
しかし　数えても数えても　星はなくなりません
少年が　空の星を数えはじめてから終わるまで
幾時代かが過ぎ　戦争があり

人は愛し　そして死んでゆきました
空の星を数えているうちに
大人になってしまった少年
それは悲しい　ぼくの父です
その子のぼくもまた　父のあとを引き受けて空の星を
数えつづけて　老いてゆくでしょう

――『寺山修司少女詩集』

死んでからしか完成しない

人間の完成というのは彼の死によってしか達成されない。

――『映写技師を撃て』

死は手渡される

私は自分だけのものではなくなってゆく死について想うようになった。もしかしたら、私の死は私に手渡される前には、ほかのだれかがあずかっているのかも知れない。

――『ひとりぼっちのあなたに』

ことばは凶器にもなり薬にもなる

詩人にとって、言葉は凶器になることも出来る。私は言葉をジャックナイフのようにひらめかせて、人の胸の中をぐさりと一突きするくらいは朝めし前でなければならないな、と思った。

だが、同時に言葉は薬でなければならない。

さまざまの心の傷手を癒すための薬に。

——『青春の名言』

死はことばの中で生きている

この世には生と死があるのではなく、死ともう一つの死があるのだということを考えない訳にはいかなかった。

死はもしかしたら、一切の言語化の中にひそんでいるのかも知れないのだと私は思った。

なぜなら、口に出して語られない限り、「そのものは、死んでいない」ことになるのだから。

——『鉛筆のドラキュラ』

落ちるか、積みあげるか

賭博する男たちはみなそれぞれに
人生その日その日を生きている。
とりわけ、競馬のような「時の賭博」にあっては
いまの一瞬を、過去の深い淵に落っことしてしまうか
あすの方へ積みあげてゆくかが
人生のわかれ目になるという訳だ。

——『勇者の故郷』

話しことばよ、甦れ

知識に全ての経験を包摂してしまうという、その意味で、日本の戦後教育というのは、ひじょうに、知識文化、書物文化教育なわけです。日本語というのは、言文一致でないでしょ。書く言葉で日本の文化とか、現在の日本の状況というものを教えられ、話す言葉で見のまわりのことを処理しなくてはならない。言文一致でないなかの苦悩というのはひじょうにあるわけですよ。特に教養のない人たちには、そういう問題がひじょうにある。

沖縄とか韓国とか、いろんな問題を『朝日ジャーナル』とか『世界』が扱うときに、さしあたって、日本にいる沖縄から引き揚げてきた労働者の人たちが、そのことに対して、切実に知りたくても、あの岩波の活字に慣れてない人にとっては、結局、その問題に参加できないわけでしょう。

そういう言文分離している状況のなかで、全ての人間が書物的な経験というものだけで思想的なイデオローグというものを形成していくということになったら、ひじょうに問題だと思うんです。

だから、話し言葉を復権する必要があるんじゃないかと。

――『気球乗り放浪記』

ことばを作ることからはじめる

機上にて。

「海外旅行の愉しみは、外国語で話さないってことだね。英語もフランス語も話さない――そうすると、透明人間になれる」と言うと、スチュアーデスが、

「でも不便ですよ」

と言った。「コミュニケーションできないんですもの」

「なまじ、語学ができるとコミュニケーションできるのではないかと錯覚するだけ不

幸だよ」と、私は言った。

「ヨーロッパへ行って幻滅してくるのは、語学のできる人たちばかりだからね。だが、おれみたいに話せないと、出会いは、相互理解のために〈ことばを作る〉ことからはじめられる。

人間といえば、言語。そして言語といえば、社会。まったく、〈思い出されるべき経験〉を持たない人間同士が作り出す社会は、不必要な政治化からまぬがれて、とても新鮮な気がするよ」

——『地平線のパロール』

たった一人に頼らない

映画『スーパーマン』のプロデューサー、イリヤ・サルキンドの言い分は、「この映画は、映画史上最大の大入りになるだろう」ということである。

「なぜなら、この映画にはまぎれもなく、ひとつの明確なメッセージがある。それは、正義の感覚だから」である。しかし、現実は、スーパーマンや、そのプロデューサーが考えるよりもはるかに複雑である。「正義」も「真実」も、一つしかないのではなく、無数にあって、それがぶつかりあって、火花を散らしているからである。

そして、それはスーパーマンという代理人 stand in が、個人的に解決するには、いささか手にあまる。たしかに、スーパーマンは立派な肉体をしている。

しかし、腕力が倒せるのは、たかだか哺乳動物どまりであって、権力相手となったときには、肉体の力などは何の役にも立たないということを知るべきだ。スーパーマン個人にはコンピューターほどの記憶力も、超高速ジェット機ほどの速度もないのである。

私は、大部分の観客がスーパーマンの個人的解決能力に幻想をいだき、スクリーンの中で彼があばれまわるのを観て、溜飲をさげるシーンなど見たくない。腕立て伏せのような格好で飛ぶのにくたびれたスーパーマンが、地上に墜ちてきて自らの非力さを観客に訴えるスラプスティック喜劇の方をむしろ見たいのである。

そして、そのときから観客が一人のヒーローに期待することをやめて、事態を「集団的に解決しよう」と思いはじめる。

歴史におけるドラマツルギーの役割とは、個人的に解決しようとするスーパーヒーローを追い出すことからはじまり、集団的解決に向う想像力を組織することであった。

——『時代のキーワード』

いつも言葉よりも先に老いてしまう悲しい神父さんが言った。

「若すぎる言葉に酔ったものは必らず老後になってから、その言葉の若さに復讐されるでしょう」

口がぼくに話させてくれと乞う。
吃ることは、　思想の句読点。

「言葉は、言葉の中にかくすべきだ。
死は、死の中にかくすべきだ。
ぼくはぼくの中に。」

自分ひとりでも歩かねばならない。
むしろ、自分ひとりでこそ。

寺山修司のことば

酒が言わせた言葉だと何でいまさら逃げるのよ

というバーブ佐竹の唄の文句ではないが、流れ者のダンサーにとって、人生は、止まらない汽車なのだ。もし、停車駅があるとすれば、それは死を意味することになるだろう。ジプシー・ローズの死も、浜ジュンの死も、そうした人生の、途中下車にほかならなかったのだ。

『さらば、競馬よ』

運命はいつでも時計の針。かなしみは、老いゆくばかり……。

『思いださないで』

記憶

「人間のあらゆる病気は、記憶を持つことからはじまっているのです」

『盲人書簡（上海篇）』

人の一生は、かなしい時計番の仕事にすぎない。

『思いださないで』

人々はあらかじめ万物を記憶して生まれてくる。思い出というのは、その中の何を覚えつづけていたか、ということではなく、何を忘却してしまったか、ということによって決定される。

それを更につきつめてゆけば第二次世界大戦とは、人類にとっての巨大な忘却の一つだと言うこともできるのである。

「私は、記憶喪失に患る前に、当時の忌わしい事件の全貌を手記に書いておくつもりでした。しかし、それはもう手おくれです。私にはすっかり、私が何者であるか、わからなくなってしまったからです。私は、さまざまな姿に身をやつしましたが、最終的には一人の人物になるでしょう。それは刑事です。

『寺山修司の仮面画報』

そして、私が尾行し、逮捕の機会を窺っている目星の犯人の
正体は私自身の記憶なのです」

『疫病流行記』

木という字を一つ書きました
一本じゃかわいそうだから
と思ってもう一本ならべると
林という字になりました

淋しいという字をじっと見ていると
二本の木が
なぜ涙ぐんでいるのか
よくわかる
ほんとに愛しはじめたときにだけ
淋しさが訪れるのです

『愛さないの、愛せないの』

賭博が、しばしば人の生甲斐となりうるのは、それがじぶんの運命をもっとも短時間に「知る」方便になるからである。女はだれでも、運の悪い女は美しくないということを知っているし、男はだれでも必然性からの脱出をもくろんでいる。

『書を捨てよ、町へ出よう』

ぼくは、知りたいために賭ける。

賭けるものは、つねに投げ出された「部分的存在」であり、統一的な世界のイメージを探求しつづけるものだ。

今日の賭け。朝、ホテルの窓をあけて、最初に目に入るのは、男か、女か？　賭金は一フラン。
結果は、男でも女でもなく、一匹の犬であった。

『気球乗り放浪記』

私は、夜死んでゆく勝負師というのは、きらいである。王者が死ぬのには朝がいちばんふさわしい。

『みんなを怒らせろ』

生と死とのあいだには、バルコニーのドア位の仕切りしか存在していない、というのがロルカの死生観であり、しかも信じられないことに、ロルカは「生と死とは対立関係ではなく、場所が違っているだけのこと」だと、考えていたのであった。だから、死神が居酒屋を出たり入ったりしていたり、死んだ女の子が水の上を流れていきながら、歌っていたりするのが彼の故郷の情景となっていた。

『鉛筆のドラキュラ』

「私は大賛成だ、死んだ人ほど家庭的だからね。決してどこにも行くことがない」

『花札伝綺』

「不死身……それはにんげんのみる最後の夢、一番重い病気だ。だが死なずに老いてゆくとしたら、それは何というおそろしいことだ」

『黙示録』

父親になれざりしかな遠沖を泳ぐ老犬しばらく見つむ

『墓場まで何マイル？』

ぼくが死んでも　歌などうたわず
いつものようにドアを半分あけといてくれ
そこから
青い海が見えるように

いつものようにオレンジむいて
海の遠鳴り数えておくれ
そこから
青い海が見えるように

かなしくなったときは
海を見にゆく

古本屋のかえりも
海を見にゆく

あなたが病気なら
海を見にゆく

こころ貧しい朝も
海を見にゆく

ああ　海よ
大きな肩とひろい胸よ
おまえはもっとかなしい
おまえのかなしみに
わたしの生活は
洗われる

どんなつらい朝も

どんなむごい夜も
いつかは終る

人生はいつか終るが
海だけは終らないのだ
かなしくなったときは
海を見にゆく

ひとりぼっちの夜も

海を見にゆく

『寺山修司少女詩集』

あとがきにかえて

パリの古本屋で、アンドレ・シャボの撮った「Le petit monde D'outre-tombe」という写真集を買った。

どのページをひらいても、墓の写真ばかりが載っているというのが、心にかゝったのだ。

金庫のような墓、彫刻のような墓、アルバムの一頁をひらいたような墓、天使が腰かけている墓、胸像の墓。さまざまな墓は、私にとって、なかなか誘惑的だった。

私は学生時代にきいたジョン・ルイスとM・J・Qの「葬列」という曲を思い出した。

それは、ロジェ・バディムの「大運河」という映画の中に用いられたジャズで、少しずつ、次第にたかまってゆく曲であった。

まだ若かった私は、

「死がこんなに、華麗な訳はないさ」

と、たかをくくっていたものだ。

だが、今こうして病床に臥し、墓の写真集をひらいていると、幻聴のようにジョン・ルイスの「葬列」がきこえてくる。


寿司屋の松さんは交通事故で死んだ。ホステスの万里さんは自殺で、父の八郎は戦病死だった。

従弟の辰夫は刺されて死に、同人誌仲間の中畑さんは無名のまゝ、癌で死んだ。同級生のカメラマン沢田はヴェトナムで流れ弾丸にあたって死に、アパートの隣人の芳江さんは溺死した。

私は肝硬変で死ぬだろう。そのことだけは、はっきりしている。だが、だからと言って墓は建てて欲しくない。私の墓は、私のことばであれば、充分。

「あらゆる男は、命をもらった死である。もらった命に名誉を与えること。それだけが、男にとって宿命と名づけられる。」ウイリアム・サローヤン（詩人）

——『悲しき口笛』

本書は『群れるな』（興陽館）を
改題・新装の上、増補、再編集しました。

『さかさま世界史 英雄伝』……………………角川書店
『人生処方詩集』………………………………立風書房
『家出のすすめ』………………………………角川書店
『書を捨てよ、町へ出よう』…………………芳賀書店
『幸福論』………………………………………筑摩書房
『墓場まで何マイル？』………………角川春樹事務所
『旅路の果て』……………………………………新書館
『誰か故郷を想はざる』………………………角川書店
『青少年のための自殺学入門』………………土曜美術社
『暴力としての言語』……………………………思潮社
『山河ありき』……………………………………新書館
『死者の書』……………………………………土曜美術社
『ぼくは話しかける』…………………角川春樹事務所
『ぼくが狼だった頃』…………………………文春文庫
『馬敗れて草原あり』……………………………新書館
『青女論』………………………………………角川書店
『レミング—壁抜け男』……1979年演劇実験室天井桟敷の舞台
『アメリカ地獄めぐり』………………………芳賀書店
『地球空洞説』……………………………………新書館
『迷路と死海』……………………………………白水社
『地平線のパロール』…………………………人文書院
『時代のキーワード』……………………………思潮社
『さらば箱舟』……………………………………新書館
『寺山修司の戯曲2』……………………………思潮社
『寺山修司から高校生へ—時速100キロの人生相談』 学研
『競馬放浪記』…………………………角川春樹事務所
『鉛筆のドラキュラ』……………………………思潮社
『地下想像力』……………………………………講談社
『旅の詩集』………………………………………光文社

『さらば、競馬よ』…………………………… 新書館
『月蝕機関説』……………………………… 冬樹社
『花嫁化鳥』………………………日本交通公社出版事業局
『気球乗り放浪記』………………………… 読売新聞社
『幻想図書館』…………………………PHP研究所
『寺山修司詩集』………………………… 思潮社
『黄金時代』……………………………河出書房新社
『競馬への望郷』………………………… 角川書店
『思いださないで』……………………… 新書館
『さよならの城』………………………… 新書館
『ふしあわせという名の猫』…………… 新書館
『寺山修司少女詩集』…………………… 角川書店
『映写技師を射て』……………………… 新書館
『ひとりぼっちのあなたに』…………… 新書館
『青春の名言』…………………………… 大和書房
『勇者の故郷』…………………………角川春樹事務所
『地獄篇』………………………………… 思潮社
『盲人書簡』……………………………ブロンズ社
『寺山修司の仮面画報』………………… 平凡社
『寺山修司幻想劇集』…………………… 平凡社
『愛さないの愛せないの』……………… 新書館
『みんなを怒らせろ』…………………… 新書館
『花札伝綺』…………… 1967年演劇実験室天井棧敷の舞台
『黙示録』…………………………1969年ラジオドラマ
『悲しき口笛』…………………………… 立風書房

「本書中には、今日の人権擁護の見地に照らして、不当・不適切と思われる語句や表現がありますが、作品発表時の時代的背景を考え合わせ、著作権継承者の了解を得た上で、一部を編集部の責任において改めるにとどめました。(2024年9月)」

あした死《し》ぬとしたら
今日《きょう》なにをするか

2024年11月15日　初版第1刷発行

著者　寺山修司《てらやましゅうじ》
協力　笹目浩之
発行者　笹田大治
発行所　株式会社興陽館
〒113-0024
東京都文京区西片1-17-8 KSビル
TEL：03-5840-7820
FAX：03-5840-7954
https://www.koyokan.co.jp
デザイン　金井久幸＋藤 星夏（TwoThree）
校正　結城靖博
編集補助　飯島和歌子　蔵持英津子
企画・編集人　本田道生
印刷　恵友印刷株式会社
DTP　有限会社天龍社
製本　ナショナル製本協同組合

協力：TERAYAMA WORLD/Poster Hari's Company
Printed in Japan
ISBN978-4-87723-332-7 C0095

〔ミラクル新書版〕孤独ぎらいのひとり好き

田村セツコ

本体1,350円+税
ISBN978-4-87723-327-3 C0295

田村セツコさん流ひとりの楽しみ方。

孤独に悩んで心がちょっぴり疲れたときの「おしゃれな心の処方箋」として手軽な新書サイズに。ギフトブックにもおすすめの一冊。

こんにちは！ひとり暮らし

みつはしちかこ

本体1,400円+税
ISBN978-4-87723-328-0 C0095

『小さな恋のものがたり』の著者みつはしちかこさんが、遠い日の母との思い出、家族やふるさとの憧憬、過ぎてきた日々の暮らしについて書いた珠玉のエッセイ。人生80代になっても面白い。

身辺整理

死ぬまでにやること

森永卓郎

本体1,500円+税

ISBN978-4-87723-331-0 C0095

突然ステージ４のがん宣告を受けた、森永卓郎氏の「遺言」。限られた時間の中で、残される家族のために何をすべきか。仕事、趣味、資産、人間関係の後始末。渾身の「死に支度」ドキュメント。